어셔가의 몰락

THE FALL OF THE HOUSE OF USHER
by Edgar Allan Poe

Illustrations © Agustín Comotto
Copyright © Nórdica Libros, SL.
All rights reserved.

Korean translation rights © Munhakdongne Publishing Corp., 2025.
Korean translation rights are arranged with Nórdica Libros
through Oh! Books Literary Agency in Spain and AMO Agency, Korea.

이 책의 한국어판 저작권은 AMO 에이전시를 통해
Nórdica Libros와 독점 계약한 (주)문학동네에 있습니다
저작권법에 의해 한국 내에서 보호를 받는 저작물이므로
무단 전재 및 무단 복제를 금합니다.

어셔가의 몰락
The Fall of the House of Usher

에드거 앨런 포 소설 | 아구스틴 코모토 그림 | 이봄이랑 옮김
Edgar Allan Poe

문학동네

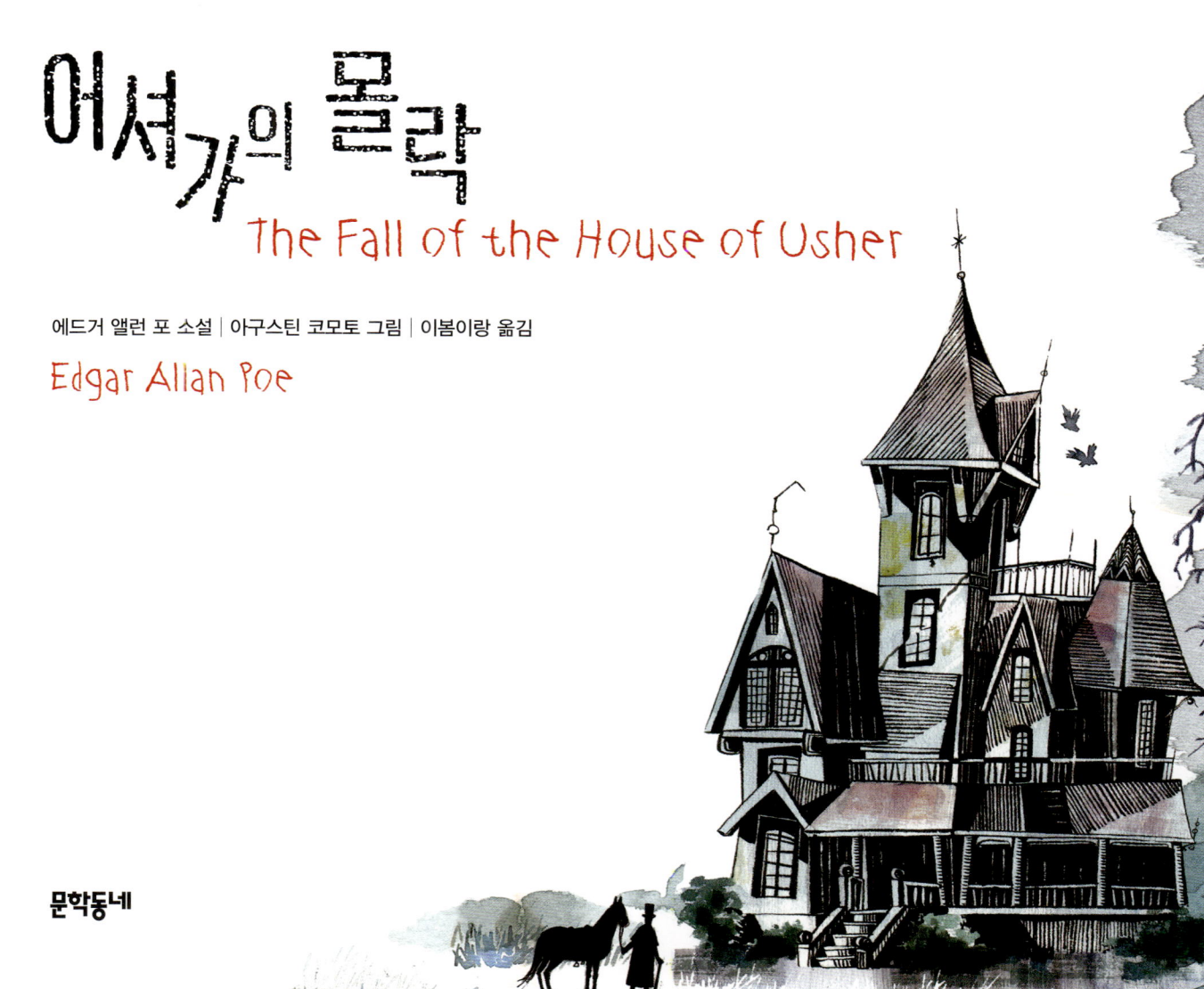

일러두기
1. '원주'라고 밝히지 않은 주석은 모두 옮긴이주다.
2. 본문의 고딕체는 원서에서 이탤릭체로 표시된 부분이다.

차례

어셔가의 몰락
008

에드거 앨런 포 연보
072

그의 심장*은 팽팽히 조율된 류트라;
손을 대는 즉시 소리를 낸다네.

피에르장 드 베랑제

* 러당 인용문은 피에르장 드 베랑제의 시 「거절(Le Refus)」의 일부로, 이 작품에서는 'son cœur(그의 심장)'라고 인용하고 있으나 원문은 'mon cœur', 즉 '나의 심장'이다.

그해의 흐리고 어둡고 적막한 가을날, 하늘에는 구름이 숨막힐 듯 낮게 걸려 있는 가운데, 나는 하루종일 홀로 말을 타고 유난히 쓸쓸한 어느 시골 지역을 가로질러 나아갔고, 마침내 저녁의 어스름이 깔릴 때쯤 울적한 어셔가의 저택이 시야에 들어왔다. 어찌된 일이었는지는 모르겠다—다만 그 건물을 처음 보자마자 견딜 수 없는 우울감이 내 정신 깊숙이 스며들었다. 정말로 견딜 수가 없었다. 보통은 제아무리 황량한 자연 풍광일지라도 그 황폐함이나 처참함이 불러일으키는 시적이기에 반쯤은 달가운 정서가 있는 법인데, 이 경우에는 무엇으로도 그 감정이 누그러지지 않았기 때문이다. 나는 눈앞에 펼쳐진 풍경을, 저택 그 자체와 주변 사유지의 단순한 지형지물을, 음산한 벽을, 텅 빈 눈 같은 창문들을, 몇몇 무성한 사초莎草 덤불

을, 그리고 썩은 나무 몇 그루의 흰 나무줄기를 지극히 우울한 영혼의 눈으로 바라보았다. 지상에 존재하는 감각 중 이때의 심정에 제대로 비견할 수 있는 것은 아편에 취해 흥청거리던 이가 꿈에서 깨어났을 때의 감각, 그 일상으로의 혹독한 귀환, 베일이 벗겨지는 순간의 끔찍함뿐이리라. 그것은 심장을 얼어붙게 하고, 내려앉게 하고, 뒤틀리게 하는 감각이었다―아무리 상상력을 쥐어짜도 숭고한 무언가로 치환할 수 없는, 돌이킬 수 없는 침울

한 비관이었다. 무엇이었나—나는 멈춰서 생각했다—어셔가를 떠올릴 때 나를 그토록 불안하게 만든 것은 무엇이었나? 도저히 풀리지 않는 불가사의였다. 또한 내가 생각에 잠긴 동안 몰려들던 어두침침한 공상의 실체 역시 파악하지 못했다. 결국 나는 불만족스러운 결론에 의지할 수밖에 없었다. 즉 우리에게 이런 영향력을 행사하는 아주 단순하고 자연스러운 사물들의 조합이 존재한다는 사실에는 의심의 여지가 없으나, 그 힘을 분석하는 일은 우리 사유의 깊이를 넘어선 영역이라는 것이었다. 또한 나는 풍경의 특정한 세부 사항, 그 장면을 구성하는 세세한 요소들의 배치만 달라져도 그것이 주는 참담한 인상을 충분히 변화시킬 수 있으리라는, 어쩌면 심지어 아예 제거해버릴 수도 있겠다는 생각에 이르렀다. 이 발상을 실행에 옮기기 위해, 나는 말을 몰아 저택 옆에서 고요한 빛을 머금고 있는 검고 불길한 호수의 가파른 가장자리로 가서 아래를 내려다보았고—하지만 오히려 이전보다 한층 더 소름 끼치는 떨림이 찾아왔다—그러자 회색빛 사초와 섬뜩한 나무줄기와 텅 빈 눈 같은 창문들의 재배열되고 반전된 이미지가 눈에 들어왔다.

그럼에도 불구하고, 나는 이제 이 음울한 저택에서 몇 주간 머무를 계획이었다. 이곳의 소유주인 로더릭 어셔는 소년 시절 나의 절친한 벗 중 하나였으나, 우리의 마지막 만남 이후 긴 세월이 흘렀다. 그런데 얼마 전 먼 지방에 있는 내 앞으로 편지가 한 통 도착했고—그에게서 온 편지였다—사안이 심히 화급하니 반드시 직접 답신을 해달라는 요청이 담겨 있었다. 그 자필 편지에서는 초조한 불안이 선명히 드러났다. 편지의 발신인은 심각한 신체적 질병—자신을 괴롭히고 있는 정신질환—을 언급하며 나를, 가장 가깝고 실은 유일한 친우인 나를 만나고자 하는 진심어린 열망을 토로했고, 나와의 교제를 통해 얻을 활력이 자신의 병세를 조금이나마 완화해줄지 모른다는 희망을 내비쳤다. 이 모든 사정과 더불어 그 밖에 편지에 담긴 내용을 전하는 태도가—그의 요청에 분명하게 담긴 진심이—내게 망설일 여지를 주지 않았다. 그리하여 나는 여전히 그의 요청이 기이하다고 느끼면서도 즉각 응했던 것이다.

소년 시절에 우리는 막역한 사이이긴 했으나 나는 이 친구에 대해 정말로 아는 게 거의 없었다. 그는 늘 과도하게, 그리고 한결같이 과묵한 성격이었다. 하지만 나는 아주 유서 깊은 그의 집안이 아득한 옛날부터 독특한 기질적 감수성으로 유명했으며 오랜 세월에 걸쳐 여러 고상한 예술작품을 통해 그것을 드러내왔고, 최근에는 대단히 후하지만 요란하지는 않은 수차례의 자선활동과 더불어 음악학, 특히 전통적이고 쉽게 파악할 수 있는 아름다움보다는 심오하고 난해한 영역에 대한 열성적 헌신을 통해 표출하기도 했음을 알고 있었다. 또한 아주 놀라운 사실에 대해서도 알게 되었는데, 대대로 유장한 역사를 자랑하는 어서 일가의 가계에서 방계가 제대로 자리를 잡은 적이 한 번도 없다는 것이었다. 다시 말해 가문 전체가 직계혈족으로

만 이루어져 있으며, 극히 사소하고 극히 일시적인 예외를 제외하면 언제나 그래왔다는 것이다. 나는 이 저택 부지의 특성과 이 가문 사람들의 공인된 특성이 완벽하게 일치한다는 점을 염두에 두고 오랜 세월에 걸쳐 한쪽이 다른 한쪽에 영향을 미쳤을지 모른다고 추측하면서, 이 결핍 때문에, 어쩌면 이 방계의 결핍 때문에, 그리고 그로 인해 아버지에서 아들로 유산과 가문의 이름이 고스란히 대물림된 탓에, 결국에는 저택과 가문이 동일시되어 사유지의 본래 이름이 예스럽고 모호한 '어셔가'라는 명칭으로 통합되었는지도 모른다는 생각을 했다—이 명칭을 사용하는 소작농들에게 그것은 가문과 가문의 저택 모두를 의미하는 듯했다.

  나의 다소 어린아이 같은 실험—호수 안을 내려다본 것—이 그저 처음의 기이한 인상을 심화했을 뿐이라는 이야기는 앞서 했다. 빠르게 커져가는 그 미신적 두려움—이렇게 명명하면 안 될 이유가 있을까?—에 대한 자각이 도리어 두려움을 촉진하는 역할을 했음에는 의심의 여지가 없다. 내가 익히 알고 있던바, 이것은 공포가 기저에 깔린 모든 정서에 적용되는 역설적인 법칙이다. 따라서 호수 속 이미지에서 눈을 들어 다시 실제 건물을 보았을 때, 내 머릿속에 기이한 공상—사실 너무나 허황된 공상이라 이를 언급하는 건 오로지 나를 압도했던 그 감각의 생생한 힘을 보여주기 위해서다—이 자라난 것은 단지 그 때문인지도 모른다. 내 상상력이 어찌나 고조되었던지 나는 실제로 어떤 특유한 공기—하늘의 대기와는 아무런 유사

성도 없는, 썩은 나무들과 호색빛 벽과 고요한 호수에서 둥겨 올라오는 공기―가 그 저택과 사유지 전체를 포함한 인근 지역을 감싸고 있다고 믿었다―유독하고 불가사의한, 칙칙하고 뭉그적거리고 희끄무레게 식별 가능한 납빛 증기가.

　꿈이었던 게 **틀림없는** 그 이미지를 영혼에서 떨어내며 나는 건물의 실제 면면을 좀더 자세히 살펴보았다. 가장 주요한 특징은 극히 고색이 짙다는 점인 듯했다. 세월로 인한 변색이 극심했다. 미세한 이끼가 외벽 전체를 뒤덮고 가늘게 뒤엉켜 처마에 거미줄처럼 매달려 있었다. 그러나 이 모든 것에도 불구하고 건물에 특별한 하자는 전혀 없었다. 돌벽이 무너진 부분도 없었다. 완벽하게 제 기능을 유지하고 있는 건물의 각 부분과, 바스러져가는 벽돌 개개의 상태가 현저한 부조화를 이루었다. 그 모습에는 어떤 버려진 지하실 안에서 바깥 공기의 숨결이 전혀 닿지 않은 채 오랜 세월 부식되어 그저 외견상으로만 온전해 보이는 낡은 목공품을 연상시키는 면이 있었다. 하지만 이런 광범위한 부식 외에 건물의 골조는 불안정하다는 인상을 거의 주지 않았다. 혹 아주 세심한 관찰력을 가진 사람이라면, 건물 전면의 지붕에서부터 벽을 타고 비뚤배뚤한 선을 그리며 내려와 호수의 우중충한 물속으로 사라지는 보일 듯 말 듯한 균열을 발견했을지도 모른다.

　이러한 것을 눈에 담으며 나는 짧은 둑길을 지나 저택으로 갔다. 기다리고 있던 하인이 내 말을 받아 데려갔고, 나는 고딕양식 아치형 현관으로

들어섰다. 소리 없이 걷는 시종 하나가 그곳에서 나를 데리고 말없이 어둡고 복잡한 복도를 여러 개 지나 주인의 직업실로 향했다. 가는 길에 마주친 많은 것이, 무슨 까닭인지는 몰라도, 내가 앞서 이야기한 모호한 정서를 고조시켰다. 주변의 사물들은 천장에 새겨진 무늬며, 벽에 걸린 칙칙한 태피스트리, 흑단처럼 검은 바닥, 내가 성큼성큼 걸음을 옮길 때 덜걱거리며 환영처럼 스쳐가던, 문장紋章이 각인된 트로피들까지 전부 어린 시절부터 보던, 혹은 보던 것과 유사한 낯익은 풍경이었으나—비록 이 모든 게 익숙하다고 인정하기가 망설여지기는 했지만—그럼에도 그런 평범한 이미지들이 불러일으키는 심상이 너무나 생경하여 늘랐다. 도중에 어느 층계에서 가문의 주치의와 마주쳤는데, 나는 그의 얼굴에서 간사함과 당혹감이 뒤섞인 표정을 읽었다. 그는 안절부절못하며 내게 인사말을 건네고는 지나쳐갔다. 마침내 시종이 문을 열고 주인이 있는 방으로 나를 들여보냈다.

내가 도착한 방은 아주 크고 천장이 높았다. 창문은 길고 폭이 좁고 위쪽 끝이 뾰족했으며, 검은 오크 바닥으로부터 굉장히 먼 곳에 높이 나 있어서 방안에서는 아예 접근할 수 없었다. 희미하고 어슴푸레한 붉은 빛이 격자 창유리를 통해 들어와 개중 두드러진 주변 사물의 윤곽은 충분히 분별할 수 있을 정도였다. 그러나 아무리 애를 써도 방의 더 깊고 구석진 곳이나 무늬가 새겨진 아치형 천장의 모퉁이까지는 시야가 미치지 않았다. 벽에는 어두운 휘장이 걸려 있었다. 전반적으로 가구가 많았으나 낡고 해졌으며

안락해 보이지 않았다. 많은 책과 악기가 여기저기 널브러져 있었지만 그 풍경에 어떠한 생기도 더해주지 못했다. 나는 슬픔의 공기를 들이마신 느낌이었다. 방안 전체에 감돌며 구석구석 스며 있는 황폐하고, 짙고, 돌이킬 수 없는 우울한 공기를.

　내가 들어오자마자 어셔는 소파에 완전히 뻗고 누워 있던 몸을 일으켜 쾌활한 온기로 나를 맞이했는데, 처음에는 그러한 태도가 상당 부분 과장된 친절—세상사에 신물이 난 사람의 억지스러운 가식—이라고 생각했다. 하지만 그의 얼굴을 흘긋 본 순간 그가 완전히 진심이라는 확신이 들었다. 우리는 자리에 앉았다. 그리고 그가 말을 시작하기 전 얼마 동안, 나는 동정심과 경외감이 절반씩 섞인 감정으로 그를 바라보았다. 정말이지, 로더릭 어셔만큼 그토록 짧은 시간에 그토록 끔찍하게 바뀌어버린 사람은 역사상 없으리라! 내 앞에 있는 파리한 남자와 어린 소년 시절에 열던 벗이 동일 인물이라는 사실을 인정하기는 쉽지 않았다. 사실 그의 얼굴 생김새는 원래부터 대단히 특징적이었다. 시체처럼 창백한 안색, 물기어 젖어 더없이 빛나는 커다란 눈, 다소 얇고 지극히 핏기가 없지만 빼어나게 아름다운 곡선을 그리는 입술, 전형적인 히브리인의 섬세한 코, 그러나 그와 유사한 형태의 코에서 흔히 볼 수 없는 넓은 콧구멍, 정신적 활력의 결여를 드러내는 듯 존재감이 없는 섬세하게 빚어진 턱, 거미줄보다도 연약한 그 가는 머리카락—이 모든 특징이 관자놀이 윗부분이 과하게 넓은 얼굴형과 함께 쉽게 잊

기 힘든 용모를 만들어냈다. 그리고 이제 그 이목구비의 지배적인 특징과 그것들이 습관적으로 형성하는 표정이 그저 더욱 과장되었을 뿐인데도 그의 인상은 너무나 크게 바뀌어서 나와 대화하고 있는 게 누구인지 의심이 들 정도였다. 섬뜩할 만큼 창백한 피부와 불가사의한 이채를 띤 눈이 무엇보다 놀라웠고 심지어 경외감을 일으켰다. 마구잡이로 자라난 명주실 같은 머리카락은 얼굴 주위에 드리워졌다기보다 붕 떠 있었으며, 거미줄 같은 머릿결이 제멋대로 흐트러진 그 모습이 아라베스크 무늬처럼 기묘하여 도저히, 아무리 노력해도, 단순한 인간적 특성과는 어떤 식으로도 연결 지을 수 없었다.

  친구의 태도에서 나는 즉시 일종의 모순성—부조화—을 감지했고, 곧 이것이 습관적인 떨림증—과민한 신경성 흥분 증상—을 이겨내려는 미미하고 덧없는 노력에서 비롯된 것임을 알게 되었다. 사실 이런 유의 상황에 대해서는 이미 마음의 준비가 되어 있었는데, 이는 그가 보낸 편지 덕분이기도 했거니와 소년 시절의 어떤 특질들에 관한 기억, 그리고 그의 독특한 신체적 외형과 기질을 근거로 추론하여 내린 결론 덕분이기도 했다. 그의 행동은 쾌활함과 침울함 사이를 오갔다. 목소리는 소심하게 떨리다가(왕성한 혈기가 일시적으로 완전히 끊겨버린 듯이) 이내 활기차고 간명한 어조—퉁명스럽고 묵직하고 느긋하며 공허하게 울리는 역투—로 바뀌어 무게 있고 균형 잡힌, 목구멍 안쪽에서 나는 완벽히 조절된 발성을 들려주었는데, 만취한 주정뱅이나 만성적인 아편중독자가 흥분이 극에 달한 순간에 낼 법한 목소리였다.

그는 이런 식으로 나를 초대한 목적과 긴히 만나고자 했던 사정, 내게서 얻고자 하는 위안에 대해 이야기했다. 그리고 자신이 앓는 병의 성격과 관련해 스스로 짐작한 바를 꽤나 상세하게 풀어놓기 시작했다. 그의 말에 따르면 그것은 체질의 문제이자 사악한 가족력이며 치료법을 찾을 가망은 없는 듯했다—하지만 그저 단순한 신경계 질환에 불과하며, 틀림없이 금방 지나갈 것이라고 그는 즉각 덧붙였다. 병의 증상은 여러 가지 비정상적인 감각으로 발현되었다. 그가 사용한 표현과 전반적인 설명 방식에 실린 무게감에도 불구하고, 그가 상술한 증상 중 몇몇은 흥미로우면서도 당혹스러웠다. 그는 병적으로 예민한 감각에 시달렸다. 가장 무미한 음식만 간신히 입에 댈 수 있었다. 특정한 질감의 옷만 걸칠 수 있었다. 모든 종류의 꽃향기에 숨이 막혔다. 희미한 빛조차도 눈에 닿으면 지독히 고통스러웠다. 특수한 소리, 즉 현악기의 소리를 제외하면 그를 두려움에 빠뜨리지 않는 소리란 없었다.

나는 그가 이례적인 종류의 공포에 노예처럼 종속된 상태임을 알게 되었다. "나는 절명할 걸세." 그는 말했다. "나는 이 비참한 어리석음 속에서 틀림없이 절명하고 말 거야. 바로 그렇게, 다름 아닌 바로 그런 식으로 파멸할 거라고. 나는 미래의 일들이 두렵네. 다가올 일들 그 자체가 아니라 그

결과가. 어떤 사건이든, 제아무리 사소한 것이라도, 견딜 수 없을 만큼 불안정한 이 영혼에 미칠 영향을 생각하면 몸서리가 쳐진다네. 사실 내가 꺼리는 것은 특정한 위험이 아니야, 다만 그것이 동반하는 절대적인 결과―공포―지. 이렇게 불안하고, 이렇게 한심한 처지에 놓인 채 나는 그 시기가 곧 다가올 것임을 느끼네. '두려움'이라는 음침한 환영과 사투를 벌이다 삶과 이성을 전부 내던지는 날이."

나는 또한 이야기 중간중간 드러나는 파편적이고 불분경한 징후 속에서 그의 정신 상태가 지닌 또다른 기이한 특징을 알아차렸다. 그는 자신이 살고 있는, 그리고 수년 동안 벗어나본 적 없는 거주지에 관한 어떤 미신적 인상에 사로잡혀 있었다―그 인상은 저택이 지닌 영향력과 관련이 있었는데, 그가 그 가상의 힘을 묘사하기 위해 사용한 표현들은 너무 불분명하여 이곳에 글로 옮기기가 불가능하지만, 그의 말에 따르면 그것은 가문의 저택을 구성하는 단순한 형태와 재료의 몇몇 특수성이 오랜 인고의 세월을 거치며 그의 정신에 행사하게 된 영향력이었다―저택의 회색 벽과 작은 탑들, 그리고 그것들 모두가 내려다보고 있는 어둑한 호수의 모양새가 마침내 그의 존재가 지닌 **사기**土氣에 영향을 미쳤다는 것이었다.

하지만 그는, 비록 주저하는 기색이기는 했지만, 자신을 괴롭히는 이 특수한 우울이 상당 부분 훨씬 현실적이고 구체적인 원인, 즉 긴 세월 그의 유일한 동반자였고 지상에 남은 마지막이자 유일한 혈족인, 그가 다정히 아

끼는 누이의 위중하고 오랜 지병—실은 명백히 다가오고 있는 사별—에 뿌리를 두고 있다고 인정했다. "누이가 죽으면," 그는 절대 잊을 수 없는 비통한 어조로 말했다. "내가(절망적이고 허약한 그가) 유서 깊은 어셔가의 마지막 일원이 될 걸세." 그가 이야기하는 동안, 레이디 매들린(이것이 누이의 이름이었다)이 나의 존재를 눈치채지 못한 채 저멀리에서 집안을 가로질러 사라졌다. 그녀를 보며 느낀 지독한 충격에 두려움이 섞여 있었음을 부정하기는 어려우나, 어째서 그런 감정을 느꼈는지는 설명이 불가능했다. 멀어져가는 그녀의 발걸음을 눈으로 좇는 동안 정신이 마비되는 듯한 감각이 나를 짓눌렀다. 마침내 그녀 뒤로 문이 닫힐 때, 내 시선은 본능적으로, 또 열성적으로 그 오라비의 얼굴을 확인하려 했지만 그는 얼굴을 손에 묻고 있었고, 내가 볼 수 있는 건 지나칠 정도로 창백하게 질린 앙상한 손가락과 그 사이로 줄줄 흐르는 격정적인 눈물뿐이었다.

　레이디 매들린의 병은 오랫동안 여러 주치의의 노력을 좌절시켰다. 깊게 자리잡은 무감각, 점차 쇠약해져가는 육체, 일시적이기는 해도 빈번히 발생하는 부분적 강직성 병증은 일반적이지 않은 증세였다. 지금까지 그녀는 병의 압박에 꿋꿋하게 맞서왔으며 끝내 와병하지 않고 버텼다. 그러나 내가 저택에 도착한 그날 저녁이 가까워오는 시점에 그녀는 (그날 밤 그녀의 오라비가 형언할 수 없는 불안에 휩싸인 채 말해준 바에 따르면) 그 파괴자의 압도적인 힘에 굴복하고 말았다. 그리하여 나는 흘긋 본 그녀의 모습이

어쩌면 내가 보는 마지막 모습일지도 모른다는 사실을 알게 되었다—그 숙녀를, 적어도 그녀가 살아 있는 동안에는, 두 번 다시 볼 수 없으리라는 것을.

그후로 며칠간 어셔도 나도 그녀의 이름을 입에 올리지 않았다. 그리고 이 기간 동안 나는 친구의 울적함을 달래주기 위해 최선의 노력을 기울이느라 바빴다. 우리는 함께 그림을 그리고 책을 읽었고, 때로 나는 그가 즉흥적으로 연주하는 격동적인 기타 선율에 꿈을 꾸는 듯한 기분으로 귀를 기울였다. 그 과정에서 그에게 내밀하게, 점점 더 내밀하게 다가가 정신 구석구석을 보다 적나라하게 들여다볼수록 나는 더욱 통렬히 인지하게 되었다. 정신적이고 물질적인 우주의 만물 위로 마치 타고난 긍정적 자질처럼 어둠을 쏟아내며 끊임없이 우울을 방출하는 그 마음을 밝혀보려는 모든 시도가 얼마나 부질없는지를.

나는 어셔가의 주인과 그렇게 단둘이 보낸 길고 엄숙한 시간에 대한 기억을 언제까지나 간직하고 있을 것이다. 그러나 그가 나를 끌어들인, 혹은 나를 이끌고 착수한 우리의 탐구 혹은 작업의 정확한 성격이 무엇인지 설명하려는 시도는 언제나 실패할 것이다. 활발하면서도 대단히 병적인 창의성이 그 모든 것 위에 유황색 빛을 드리웠다. 그의 길고 즉흥적인 비가悲歌는 영원히 내 귀에서 맴돌 것이다. 다른 무엇보다 특유의 방식으로 기이하게 왜곡되고 과장되어 격정적으로 흐르던 폰 베버*의 마지막 왈츠가 머릿속

에 고통스럽게 남아 있다. 또한 그의 정교한 공상력이 골몰하여 탄생시킨 그림들은 붓질을 할 때마다 갈수록 모호해져 보고 있으면 점점 몸이 떨려 왔는데, 떨리는 이유를 알지 못해 더욱 오싹했다. 나는 이 그림으로부터(그 이미지가 지금 내 눈앞에 선명하다) 제한된 글말의 한계 내에서 표현할 수 있는 단편적 일부를 넘어선 무언가를 끌어내려 노력했지만 헛수고였다. 지극히 단순하고 적나라한 구성으로 그는 이목을 사로잡고 또 압도했다. 어떤 관념을 그림으로 표현할 수 있는 유한자가 세상에 존재한다면, 그 유한자는 바로 로더릭 어셔였다. 적어도 나에게는, 당시 나를 둘러싼 상황 속에서, 이 심기증 환자가 캔버스 위에 교묘한 솜씨로 펼쳐낸 그 순수한 추상화가 견디기 힘들 만큼 강렬한 경외감을 일으켰는데, 그런 짙은 경외감은 생생하지만 지나치게 구체적인 퓨절리**의 몽상적 그림에서는 한 번도 느껴 본 적 없는 것이었다.

　내 친구의 환상적인 구상화 중 하나는 아주 엄격한 추상적 성질을 띠고 있지는 않은지라 희미하게나마 언어로 윤곽을 드러낼 수 있을 듯하다. 그것은 엄청나게 긴 장방형 지하 회랑 혹은 터널을 표현한 작은 그림이었는데, 낮고 매끄러운 흰 벽이 끊김 없이, 장식적 요소 없이 펼쳐져 있었다. 그

＊ 카를 마리아 폰 베버(1786~1826). 독일의 낭만파 작곡가.
＊＊ 헨리 퓨절리(1741~1825). 영국에서 활동한 스위스 태생의 화가. 초현실적인 주제의 그림을 많이 그렸다.

림의 부수적인 부분은 이 땅굴이 지표면 아래 아주 깊숙한 곳에 자리하고 있다는 점을 명확히 보여주었다. 장대하게 뻗은 터널 어디에도 출구는 보이지 않았으며 횃불이나 다른 인공적인 조명도 찾아볼 수 없었다. 그러나 강렬한 빛살이 터널 가득 흐르며 그 전체에 섬뜩하고 부자연스러운 광휘를 드리웠다.

   나는 앞서 모든 음악을 견딜 수 없게 만드는 청각 신경의 병적인 증상에 대해 이야기하면서, 현악기의 특정한 음향만은 예외였다고 이야기한 바 있다. 따라서 어쩌면 그가 스스로 악기에 제한을 두어 기타에만 집중한 것이 그의 연주가 그토록 환상성을 띠게 된 주요한 이유인지도 모른다. 그러나 그의 **즉흥곡**이 보여준 열띤 **능란함**은 그것으로 설명하기 힘들다. 그의 격동적인 환상곡의 노랫말(그는 운문으로 된 즉흥 가사를 드물지 않게 곁들였다)과 음률에 깃든 그러한 특성은 내가 이전에 극도의 인위적인 흥분 상태에서만 찾아볼 수 있다고 언급했던 강한 정신적 침착성과 집중력의 결과물이 틀림없다. 이 광시곡 중 하나의 노랫말을 나는 어렵지 않게 떠올릴 수 있다. 아마도 그가 노래할 때 이 곡이 유독 강력하게 각인이 된 듯한데, 그건 내가 노랫말의 기저에 암류처럼 혹은 신비한 물결처럼 흐르는 함의를 통해 어셔의 일면을, 왕좌에서 위태롭게 흔들리는 그의 고귀한 이성을 온전히 파악하게 되었다고 믿었기 때문이다. '유령 들린 궁전'이라는 제목이 붙은 그 운문 가사는 아주 정확하지는 않더라도 거의 다음과 같다.

I
우리의 가장 푸르른 골짜기,
선한 천사들이 사는 곳에,
한때 아름답고 장엄했던 궁전이—
찬란했던 궁전이—고개를 들었네.
'사유思惟'라는 군주의 영토에—
그것은 서 있었네!
치품천사의 날개 아래 펼쳐진 어떤 아름다움도
결코 그 건물에 비견하지 못하리.

II
노랗고 영광스러운 금빛 깃발들
궁전 꼭대기에 떠올라 나부끼고
(이것은—이 모든 것은—오래전
옛 시절의 이야기라네);
그 달콤한 날,
어물거리던 모든 온화한 공기,
깃 달린 창백한 성벽을 따라
멀어져가는 날개 달린 향기.

III
그 행복한 계곡의 방랑자들은
두 개의 빛나는 창문을 통해 보았네
류트의 조율된 선율에 맞춰
음악적으로 율동하는 영혼들을;
그들이 둘러싸고 있는 왕좌, 그곳에 앉아
(왕족의 혈통이로다!)
그 영광에 걸맞은 자태를 뽐내는
왕국의 지배자를 보았네.

IV
또한 온통 진주와 루비로 빛나는
궁전의 아름다운 문이 있어,
그곳으로 흐르고 흐르고 또 흘러들어와
늘 찬란하게 반짝이는,
메아리 군단의 달콤한 임무는
오직 노래를 부르는 일,
빼어나게 고운 목소리로
왕의 지성과 지혜를 노래하니.

V

하지만 비애의 옷을 입은 사악한 것들,
군주의 드높은 영토를 침략했네;
(아, 애도하라, 그는 두 번 다시 내일이
밝는 것을 보지 못하리니, 참담하도다!)
그리하여, 그의 안식처를 둘러싸고
불그레하고 생기롭게 피어났던 영광은
그저 어슴푸레한 기억만 남은
무덤 속 옛 시절의 이야기일 뿐.

VI

이제 그 계곡의 여행자들이
붉게 빛나는 창문을 통해 보는 건
불협화음으로 이루어진 곡조에 맞춰
기이하게 움직이는 거대한 형체들;
그와 함께, 물살 급한 섬뜩한 강처럼
그 창백한 문을 통해
끔찍한 존재들 한 무리가 끝없이 쏟아져 나오며,
웃어대지―그러나 더이상 웃음기는 없이.

나는 이 발라드에 제시된 암시가 우리를 일련의 사유로 이끌었고, 그 과정에서 어셔의 특정한 견해가 명백하게 드러났음을 분명히 기억하는데, 여기서 그 견해를 언급하는 것은 참신함 때문이 아니라(같은 생각을 한 다른 이들*도 존재하므로), 그것을 견지한 그의 완고함 때문이다. 그 견해란, 대략적으로 말하자면, 모든 식물이 지각을 지니고 있다는 것이었다. 그러나 그의 무질서한 공상 속에서 그러한 관념은 더욱 대담한 성격을 띠었으며, 특정한 조건하에서는 무기물의 영역까지 침범해 들어갔다. 그가 얼마나 확신에 차 있었는지를 온전하게 표현할, 혹은 그 확신이 보여준 열성적인 저돌성을 표현할 단어가 내게는 없다. 하지만 그의 믿음은 (내가 앞서 암시했듯) 조상 대대로 살아온 저택을 구성하는 회색빛 벽돌과 관련되어 있었다. 그는 벽돌이 결합한 방식—그것들의 배열 체계와 더불어 그 위를 뒤덮은 수많은 이끼, 그리고 주위에 서 있는 썩은 나무들—과 무엇보다 이러한 배열이 오랫동안 변화 없이 유지되어왔고, 호수의 고요한 수면에 비쳐 복제되기까지 했다는 점이 지각의 생성 조건을 충족시켰다고 여겼다. 그것을 보여주는 증거—지각이 생겼다는 증거—는, 그는 말했다, (그리고 나는 이

---

* 왓슨, 퍼시벌 박사, 스팔란차니, 특히 란다프의 주교가 그러하다.—『화학 소론』 제5권 참조. 원주
영국 란다프의 주교이자 학자인 리처드 왓슨(1737~1816)과, 미국의 의사였던 토머스 퍼시벌(1740~1804), 이탈리아의 가톨릭 사제이자 생물학자였던 라차로 스팔란차니(1729~1799)를 가리킨다. 역주

대목에서 그의 말을 들으며 흠칫했다.) 호수와 벽 주위에 점진적으로, 그러나 분명하게 응집된 고유한 공기다. 그 결과가 어떠한지는, 그는 덧붙였다, 몇 세기에 걸쳐 가문의 운명을 주조해왔고, **자신을 지금 내 눈앞에 보이는 모습으로**—실제 그런 상태로—만든 조용하지만 끈질기고 끔찍한 영향력에서 확인할 수 있다. 이러한 의견에 대해 굳이 첨언할 필요는 없을 테니 하지 않겠다.

우리가 읽은 책—수년 동안 이 병약자의 정신세계 중 결코 적지 않은 부분을 형성해온—은 아마 추측할 수 있겠지만, 이 환상이라는 특성과 정확하게 일치했다. 우리는 다음과 같은 작품을 함께 정독했다. 그레세의 「베르베르」와 「수도원」, 마키아벨리의 『벨파고르』, 스베덴보리의 『천국과 지옥』, 홀베르의 『니콜라스 클림의 지하 탐험』, 르버트 플러드, 장 들랭다기네, 드 라 샹브르의 『수상술手相術』, 티크의 『미지로의 여정』, 그리고 캄파넬라의 『태양의 도시』. 우리가 가장 애독한 책 중 하나는 도미니크회 수도사인 지로나의 에이메릭이 쓴 작은 8절판 판형의 『심문관 지침』이었고, 어셔는 폼포니우스 멜라의 글에 나오는 아프리카의 사티로스와 아이기판* 이야기에 관해서라면 몇 시간이고 앉아서 공상을 펼칠 수 있었다. 그의 가장 큰 낙은

---

* 사티로스와 아이기판은 그리스신화의 '판'과 비슷한 반인반수로, 하반신이 염소나 산양의 모습을 하고 있는 환상의 존재를 가리키지만, 이후 중세시대에는 유인원과 비슷한 동물을 묘사하는 단어로 사용되기도 했다.

4절판에 고딕체로 인쇄된 굉장히 희귀하고 독특한 책—어느 잊힌 교회의 지도서—인 『마인츠교회 성가대의 망자를 위한 경야經夜 의식』을 숙독하는 것이었다.*

어느 저녁 그가 갑작스럽게 레이디 매들린의 부음을 전하며 저택의 본채 안에 있는 여러 지하실 중 하나에 그녀의 시신을 (최종적으로 매장하기 전에) 두 주 동안 안치하려 한다고 말했을 때, 나는 그 책에 서술된 괴이한 의례에 대해, 그것이 아마도 이 심기증 환자에게 미쳤을 영향에 대해 생각하지 않을 수 없었다. 그러나 그가 이렇게 기이한 장례 절차를 택한 현실적인 이유는 내가 멋대로 반박할 수 있는 것이 아니라고 느꼈다. 그녀의 오라비는 고인이 앓았던 질병의 유다른 특성과, 그녀의 의사들이 집요하고 절실하게 죽음의 원인을 탐구하려 한다는 점, 그리고 가족 묘지가 멀고 또 노출된 장소라는 점을 고려하여 이런 결정을 내렸다(이것이 그의 설명이었다). 저택에 처음 도착한 날 나와 계단에서 마주쳤던 그 사람의 불길한 표정을 떠올리고 나니, 무해한데다 결코 상식을 벗어났다고 할 수 없는 이 예방 조치에 반대할 마음이 들지 않았다는 점을 부인하지 않겠다.

---

* 이 문단에서 언급된 책 중 대다수는 실존하는 작품이다. 다만 『수상술』의 경우, 저자로 거론된 로버트 플러드(1574~1637)는 영국의 의사이자 신비주의자로 점성술과 오컬트 등에 관한 저술로 유명하고, 장 들랭다니에는 요하네스 인다기니스라고도 불리는 독일의 수도사이자 신학자(c. 1415~1475)이며, 드 라 샹브르는 프랑스의 의사이자 철학자인 마랭 퀴로 드 라 샹브르(1594~1669)를 가리키는 것으로 보이지만 이들이 수상술, 즉 손금에 대한 책을 썼다는 기록은 없다.

어셔의 부탁에 따라 나는 임시 매장 준비를 직접 도왔다. 시신을 관에 넣은 뒤 우리 단둘이서 그것을 보관실로 옮겼다. 관을 놓은 지하실은(너무 오랫동안 밀폐되어 있던 곳이라 밀도 높은 공기가 우리 횃불의 불길을 반쯤 죽여놓은 탓에 자세히 탐색하기는 힘들었다) 작고 축축하고 빛이 들어올 방법이 전혀 없었으며, 저택에서 내가 자는 방이 있는 구역 바로 아래쪽 깊디깊은 곳에 위치하고 있었다. 분명 먼 옛날 봉건시대에는 최악의 상황에서 일종의 내성內城 역할을 했을 것이고, 바닥의 일부와 지하실로 이어지는 긴 아치길 안쪽 전체에 꼼꼼하게 구리를 덧대어놓은 것을 보니, 그후에는 화약이나 다른 가연성 높은 물질을 보관하는 용도로 쓰였을 듯했다. 거대한 철제문 역시 비슷한 방식으로 보강되어 있었다. 그 엄청난 무게 때문에 움직일 때마다 경첩에서 유별나게 날카롭고 삐걱거리는 소리가 났다.

이 공포스러운 장소에 있는 가대架臺 위에 우리의 비통한 짐을 내려놓은 다음, 우리는 아직 나사를 조이지 않은 관뚜껑을 살짝 비스듬히 열고 그 안에 자리한 이의 얼굴을 살펴보았다. 오라비와 누이의 깜짝 놀랄 만큼 유사한 생김새가 그제야 처음으로 내 눈길을 사로잡았다. 내 생각을 간파했는지 어셔가 몇 마디를 중얼거렸는데, 나는 그 말을 듣고 고인과 어셔가 쌍둥이이며 그들 사이에는 늘 이성적으로는 이해하기 힘든 교감이 있었음을 알게 되었다. 하지만 우리의 시선은 망자 위에 오래 머물지 않았다—그녀를 두려움 없이 바라볼 수가 없었기 때문이다. 모든 심각한 강직성 질환이 보

통 그렇듯, 이 숙녀를 젊음의 절정기에 영원히 안치한 질병 역시 그녀의 가슴과 얼굴에 희미한 가짜 혈색을 남겨놓았고 입술에는 수상쩍은 미소가 감돌았는데, 죽은 자의 것이라고 생각하니 소름이 끼쳤다. 우리는 다시 관뚜껑을 닫고 나사를 조인 뒤 철문을 닫아걸고 힘겹게 나아가, 음울함이 크게 덜하달 수 없는 저택 위쪽의 방으로 돌아갔다.

그리고 이제, 며칠간의 격심한 슬픔의 나날이 지나간 후, 내 친구의 정신 질환에 눈에 띄는 특성의 변화가 일어났다. 그에게서 평범한 태도가 아예 사라져버렸다. 평범한 활동들은 방기하거나 잊어버렸다. 그는 분주하고 불안정하고 목적 없는 걸음으로 이 방 저 방을 배회했다. 창백한 얼굴은, 그게 가능하다면, 더욱 섬뜩한 낯빛을 띠었다―하지만 선명히 빛나던 안광은 완전히 자취를 감추었다. 가끔씩 들려주던 걸걸한 목소리도 더는 들을 수 없었다. 대신 극심한 공포에 질린 듯한 떨림이 그의 어조에 항시적으로 배어 있었다. 나는 사실 끊임없이 요동하는 그의 마음이 어떤 억눌린 비밀과 씨름하고 있는 거라고, 그걸 털어놓는 데 필요한 용기를 끌어모으려 애쓰고 있는 거라고 생각할 때도 있었다. 하지만 때로는 모든 원인을 단순히 불가해한 광증의 변덕 탓으로 돌릴 수밖에 없다는 결론에 이르기도 했는데, 그가 마치 상상의 소리를 듣는 것처럼 고도로 집중한 채 오랜 시간 허공을 바라보는 모습을 목격했기 때문이었다. 당연히 그의 상태는 나를 겁에 질리게 했다―그리고 나까지 감염시켰다. 나는 그의 공상적이지만 인상적이기도 한 미신들의 걷잡을 수 없는 영향력이 나를 향해 느리지만 분명하게 슬금슬금 다가오고 있음을 느꼈다.

특히 그러한 감정을 최고조로 경험한 것은 레이디 매들린을 내성에 데려다 놓은 후 이레 혹은 여드레째 되던 날 밤늦게 잠자리에 들었을 때였다. 잠은 침상 근처에도 오지 않았다―그러는 사이 시간은 흘러가고 또 흘러갔다. 나는 나를 장악한 초조함을 이성의 힘으로 몰아내려 애썼다. 내가 느끼는 감정의 대부분이, 전부는 아니라 해도, 그 방에 있는 음울한 가구―거세지는 폭풍의 입김에 휘둘려 몸부림치고, 벽에서 발작적으로 뒤척이며 흔들리고, 침대 장식을 불안하게 스치며 부스럭거리는 어둡고 해진 휘장들―의 당혹스러운 영향력 때문이라고 믿으려 노력했다. 하지만 결실 없는 노력이었다. 억누르기 힘든 떨림이 점점 몸 전체에 퍼져나갔다. 그리고 마침내 원인 모를 두려움이 몽마처럼 내 심장 바로 위에 자리를 잡았다. 나는 이것을 떨쳐내고자 숨을 훅 들이켜고 몸부림치며 베개 위로 몸을 일으켜 앉은 다음, 방안의 강렬한 어둠 속을 뚫어져라 응시하며 귀를 기울였고―이유는 모르겠고, 다만 본능적인 감각이 시킨 일이었다―그러자 폭풍이 잦아드는 틈을 타 어떤 낮고 불명확한 소리가 긴 간격을 두고 들려왔는데 어디서 오는 소리인지는 알 수 없었다. 설명할 수도 견딜 수도 없는 극심한 공포감에 압도되어 나는 급하게 옷을 걸치고(그날 밤에는 잠을 포기하는 게 낫겠다고 느꼈으므로), 이토록 한심한 상태에서 나 자신을 끄집어내려 노력하며

빠른 걸음으로 방안을 왔다갔다했다.

이런 식으로 방안을 몇 차례 왕복했을 때, 방과 인접한 계단에서 들려오는 가벼운 발소리가 주의를 사로잡았다. 나는 이내 그것이 어셔의 발소리임을 알아차렸다. 그는 부드럽게 내 방문을 두드리더니 곧장 등불을 들고 들어왔다. 그의 얼굴은 여느 때와 같이 시체처럼 창백했고―그러나 그에 더해 눈에는 일종의 광기어린 환희가 깃들어 있었다―전체적인 행동거지에서는 억눌린 히스테리가 분명하게 느껴졌다. 그의 분위기에 소름이 돋았다―그러나 무엇이든 내가 긴 시간 견뎌오던 고독보다는 나았기 때문에, 나는 심지어 그의 존재를 위안으로 여기며 반갑게 맞이했다.

"자네는 보지 못했나?" 그는 얼마 동안 침묵 속에서 주변을 빤히 바라보다가 불쑥 이렇게 말했다―"보지 못했다고?―하지만, 가만있어보게! 보여줄 테니." 그는 그렇게 말하며 조심스럽게 등불에 갓을 씌운 뒤, 서둘러 여닫이창 중 하나로 가서 폭풍을 향해 창문을 활짝 열어젖혔다.

들이치는 돌풍의 맹렬한 기세에 우리의 발이 거의 바닥에서 들릴 뻔했다. 과연 폭풍이 돌아치기는 하지만 황량하게 아름다운 밤, 공포와 아름다움이 극도로 탁월한 밤이었다. 회오리바람이 우리 근처에서 기세를 모은 것이 분명했다. 바람의 방향이 계속해서 급격히 바뀌었기 때문이다. 또한 구름이 엄청난 밀도로(저택의 탑을 내리누를 만큼 매우 낮게 깔려 있었다) 형성되어 있었음에도, 그것들이 먼 곳으로 흘러가 소멸하지 않고 마치 살아 있는 것처럼 빠른 속도로 서로에게 부딪치며 사방에서 마구잡이로 몰려오는 모습을 목격하는 데는 문제가 되지 않았다. 다시 말해 그것들의 엄청난 밀도에도 불구하고 우리가 그러한 장면을 목격할 수 있었다는 말이다—반면 달이나 별은 흔적도 보이지 않았고, 번개가 번득이며 내리치지도 않았다. 그러나 주변을 부유하며 저택을 완전히 감싼 채 희미한 광을 내는, 분명하게 식별 가능한 기체의 부자연스러운 빛 속에서, 주변 지근거리에 있는 지상의 모든 사물뿐 아니라 요동하는 거대한 수증기 덩어리의 밑면까지도 은은하게 빛나고 있었다.

"그러면 안 돼—자네는 이런 걸 봐서는 안 돼!" 나는 몸을 떨며 어셔에게 말했고, 그를 가볍게 끌어당겨 창가에서 의자로 데려갔다. "자네를 혼란에 빠뜨리는 이런 광경은 그저 드물지 않은 전기적 현상에 불과해—혹은 호수의 고약한 공기에서 발생한 섬뜩한 현상인지도 모르지. 이 창문을 닫도록 하세—공기가 차서 자네 몸에 해로워. 여기 자네가 가장 좋아하는 기사소설이 하나 있어. 내가 읽어줄 테니 자네는 듣게—그렇게 이 끔찍한 밤을 함께 흘려보내는 거야."

내가 집어든 고서古書는 랜슬롯 캐닝 경의 『광기의 회합』*이었다. 하지만 내가 이 책을 어셔가 가장 좋아하는 작품이라 표현한 것은 진심이라기보다 싱거운 농담이었다. 이 투박하고 상상력이 빈약한 장광설에서 내 친구의 고상하고 탈속적인 창의성이 관심을 보일 만한 것은 거의 없었기 때문이다. 하지만 그것이 손닿는 거리에 있는 유일한 책이었다. 아울러 나는 이 심기증 환자의 마음을 어지럽힌 흥분이 도리어 내가 읽어주려는 지극히 실없는 이야기를 통해 가라앉을지도 모른다는(정신질환의 역사는 이와 유사한 특이 사례로 가득하므로) 막연한 희망에 빠졌다. 실제로 그가 활기로 가득 찬 팽팽한 긴장감 속에서 이야기의 내용에 귀를 기울였다는, 혹은 귀를 기울이는 듯 보였다는 사실만 놓고 판단한다면 나는 내 계획의 성공을 충분히 자축할 수도 있었을 것이다.

나는 이야기의 그 유명한 장면, 『회합』의 주인공인 에설레드가 은둔자의 거처에 평화롭게 진입하려다 실패하자 무력 입성을 감행하는 장면에 이르렀다. 주지하다시피 이야기는 다음과 같이 전개된다.

"그리고 에설레드, 천성적으로 용맹한 심장을 지닌 자이자, 이제는 와인을 마시고 그 위력에 기세가 오른 그는 더 이상 은둔자, 실로 완고하고 악독한 기질을 가진 그와 협상하기 위해 기다리지 않고 어깨 위로 떨어지는 빗물을 느끼며, 폭풍이 일어날 것을 염려하며, 철퇴를 똑바로 쳐들고 여러 번 내리쳐 문의 나무판자에 재빨리 공간을 만든 다음, 쇠 장갑 낀 손을 그

---

* 원문의 제목은 'Mad Trist'로, 작품도 저자도 모두 작가가 만들어낸 허구이다. 제목의 의미에 대해서는 'trist'의 의미를 무엇으로 보느냐에 따라 해석이 달라질 수 있는데, 'trist'를 'triste(슬픈, 우울한)'의 변형으로 본다면 '광기어린 슬픔(에 빠진 자)' 정도로 이해할 수 있고, 'trist'를 'tryst(회합, 만남, 밀회)'의 고어적 표기로 본다면 '광기의(광적인) 회합(만남)' 정도로 이해할 수 있다. 번역문은 후자의 해석을 따랐다.

안에 집어넣어 거세게 잡아당겼고, 그리하여 문은 쪼개지고 뜯기고 전부 산산이 부서져, 메마르고 공허한 나무 소리가 숲 전체에 요란하게 울려퍼졌다."

    이 문장의 끝에서 나는 흠칫하여 잠시 동안 멈춰 있었다. 왜냐하면 내가 느끼기에는(비록 격앙된 공상이 나를 속인 것이라고 즉각 결론을 내리기는 했으나)—내가 느끼기에는 저택의 아주 먼 곳에서, 랜슬롯 경이 그토록 상세하게 묘사한 바로 그 쪼개지고 뜯기는 소리와 정확하게 유사한 특성을 띤 메아리가 (그러나 명백히 무언가에 가로막힌 둔한 음향으로) 내 귀에 어렴풋이 들리는 듯해서였다. 그 소리가 내 주의를 사로잡은 것은, 의심의 여지 없이 그저 우연의 일치 때문이었다. 여닫이창 창틀이 덜컹거리는 소리와 더불어, 여전히 기세가 등등한 폭풍에 통상 동반되는 뒤섞인 소음 속에서 그 소리 자체는 나의 호기심이나 불안을 자극할 이유가 전혀 없었다. 나는 이야기를 계속했다.

    "하지만 이제 문 안으로 들어선 훌륭한 용사 에설레드는 악독한 은둔자의 자취가 보이지 않자 심히 격분하고 당혹하였다. 그러나 대신 그 자리에 비늘로 뒤덮인 채 거대한 위용을 자랑하며 입에서는 불꽃을 내뿜는 용 한 마리가 바닥이 은으로 된 황금 궁전 앞을 지키고 앉아 있었고, 벽 위에는 다음과 같은 문장이 새겨진 반짝이는 황동 방패가 걸려 있었다—

이곳에 들어온 자, 정복자가 되었음이라;

용을 해치운 자, 방패를 얻으리라.

곧이어 에설레드는 철퇴를 들어 용의 머리를 후려쳤고, 용은 그의 앞에 쓰러져 마지막 유독한 숨을 내뱉으며 비명을 질렀는데 그 소리가 너무도 끔찍하고 불쾌하며 또한 귀청을 찢는 듯해 에설레드는 어쩔 수 없이 그 무시무시한 소리에 맞서 두 손으로 귀를 막아야 했다. 그런 소리는 이제껏 단 한 번도 들어본 적이 없었다."

나는 여기서 또다시, 이제는 격한 놀라움에 사로잡혀, 돌연 읽기를 멈추었다—이번에는 어떠한 의심의 여지도 없이 정말로 (비록 어느 방향에서 오는 소리인지는 도무지 가늠할 수 없었지만) 낮으면서도 분명히 먼, 그러나 불쾌하고 길게 늘어지는, 더없이 기이한 비명 혹은 끽끽거리는 마찰음을 들었기 때문이다—나의 공상이 이미 작가의 묘사를 바탕으로 만들어낸 용의 괴이한 비명과 정확히 대응하는 소리였다.

이렇게 두번째로 너무나 터무니없는 우연이 발생한 순간, 나는 천 가지 상충하는 감정, 그중에서도 특히 지배적이었던 경이와 극한의 공포에 짓눌리기는 했지만, 틀림없이 그랬지만, 그것에 대해 어떤 식으로든 언급하여 내 벗의 민감한 신경을 자극하는 일은 피해야겠다고 판단할 정도의 평정심은 유지하고 있었다. 그가 문제의 소리를 눈치챘는지는 결코 확신할 수 없

었다. 물론, 확실히, 지난 몇 분 사이 그의 행동에 이상한 변화가 일어나기는 했다. 그는 원래 내 쪽을 바라보고 앉아 있었으나 점차 의자를 돌려 이제는 방문을 마주보았고, 그래서 나는 그의 얼굴을 일부만 볼 수 있었다. 그럼에도 들리지 않게 중얼거리듯 떨리는 입술이 보이기는 했다. 그는 고개를 가슴 위로 떨구고 있었다―그러나 옆얼굴을 흘긋 보니 눈을 크고 뻣뻣하게 뜨고 있어서 그가 잠들지 않았다는 것을 알았다. 몸의 움직임 또한 그러한 추측과는 어긋났다―그가 몸을 좌우로 부드럽게, 그러나 일정하고 일관되게 흔들고 있었기 때문이다. 이 모든 것을 재빨리 눈에 담은 뒤 나는 랜슬롯 경의 이야기를 계속했다. 이어지는 내용은 다음과 같다.

"그리고 이제 용의 무시무시한 흉포로부터 벗어난 용사는 황동 방패와 그것에 걸린 마법을 풀어야 한다는 사실을 떠올리고는, 앞을 가로막고 있는 용의 사체를 치운 다음 은으로 덮인 성의 바닥을 용맹하게 가로질러 방패가 걸린 벽으로 다가갔다. 방패는 그가 완전히 다가올 때까지 기다리지 않고 그의 발치, 은으로 된 바닥으로 대단히 요란하고 끔찍한 울림과 함께 떨어졌다."

이러한 음절들이 내 입술 밖으로 나오자마자―마치 황동 방패가, 바로 그 순간, 은으로 된 바닥으로 거세게 떨어진 것처럼―나는 또렷하고 공허하며 쟁그렁거리는 금속성의 울림을, 그러나 무언가에 가로막힌 듯한 반향을 감지했다. 불안이 극에 달한 나는 자리에서 벌떡 일어났다. 하지만 규칙

적으로 흔들리는 그녀의 움직임은 동요하지 않았다. 나는 그가 앉은 의자로 달려갔다. 그의 눈은 앞을 향해 고정되어 있었고, 돌 같은 뻣뻣함이 얼굴 전체를 장악하고 있었다. 하지만 내가 어깨에 손을 올리자 그의 몸 전체가 강하게 떨리기 시작했다. 병적인 미소가 입술 주변에서 경련을 일으켰다. 그리고 나는 그가 내 존재를 인식하지 못하는 듯 낮고 다급하게 이해할 수 없는 말을 중얼거리는 것을 보았다. 그를 향해 몸을 가까이 숙인 채, 나는 그가 내뱉는 불분명한 말의 의미를 정신없이 들이켰다.

"들리지 않나?—그래, 나는 들려, 계속 들었지. 오래—오래—오래—몇 분이고, 몇 시간이고, 몇 날이고, 나는 들었네—그러나 도저히—오, 가련한 나, 이 얼마나 비참하고 불행한가!—나는 도저히—도저히 말을 할 수가 없었네! 우리는 그녀를 산 채로 무덤에 넣었어! 내 감각이 예민하다고 이야기하지 않았던가? 이제야 말하건대 나는 그 깊숙한 관 속에서 그녀가 처음으로 미약하게 움직이는 소리를 들었네. 그 소리를 들었어—아주, 아주 여러 날 전에—그러나 나는 도저히—도저히 말할 수가 없었네! 그런데 이제—오늘밤에—에설레드—하! 하!—은둔자의 문이 부서지는 소리, 용이 내지르는 단말마의 비명, 그리고 방패가 쟁그렁거리는 소리—혹은, 사실은, 그녀의 관이 쪼개지는 소리, 그녀가 갇힌 감옥 문의 쇠 경첩이 삐걱거리는 소리, 그리고 구리를 덧댄 지하실의 아치길에서 그녀가 몸부림치는 소리! 오! 나는 어디로 달아나야 하나? 그녀가 곧 이곳으로 오지 않을까? 나의 성

급함을 질책하기 위해 서둘러 오지 않을까? 계단을 오르는 그녀의 발소리가 들리지 않았던가? 그녀의 저 무겁고 끔찍한 심장소리를 알아듣지 못하는 거야? 미치광이!"—여기서 그는 광포한 기세로 벌떡 일어나, 자기 영혼을 내던져버리려는 듯 날카로운 비명처럼 말을 내질렀다—"미치광이! 장담하건대 그녀는 지금 저 문밖에 서 있어!"

그의 발화가 내뿜는 초인적 에너지에 마법의 힘이 깃들어 있기라도 한 것처럼, 그가 가리킨 오래된 문짝이, 바로 그 순간, 서서히 바깥쪽을 향해 육중하고 흑단처럼 검은 아가리를 벌렸다. 들이치는 돌풍이 벌인 일이었다—그러나 열린 문 밖에는 **정말로** 어셔가의 레이디 매들린이 수의를 입은 모습으로 우뚝 서 있었다. 흰 로브에는 피가 묻어 있었고, 수척한 그녀의 온몸 곳곳에 치열한 사투의 흔적이 보였다. 잠시 동안 그녀는 몸을 떨고 앞뒤로 휘청거리며 문가에 머물렀다—그러다 낮게 신음하는 울음소리와 함께 들이닥쳐 오라비의 몸 위로 힘껏 쓰러졌고, 이제 격렬한 단말마의 고통에 휩싸인 그녀는 그를 바닥으로 밀쳐 주검으로, 그가 예견했던 공포의 희생양으로 만들었다.

그 방으로부터, 그 저택으로부터, 나는 혼비백산하여 달아났다. 내가 어느덧 오래된 둑길을 가로질러갈 때 폭풍은 여전히 저택 밖에서 맹위를 떨치고 있었다. 별안간 길을 따라 난데없는 빛줄기가 뻗어나갔고, 나는 이토록 괴상한 빛이 어디서 쏟아지는지 보려고 몸을 돌렸다. 내 뒤에 있는 건

거대한 집과 그 그림자뿐이었기 때문이다. 그 광채는 기울어가는 핏빛 만월의 달이 내뿜는 것이었는데, 이제 달은 내가 이전에 저택의 지붕에서부터 비뚤배뚤한 선을 그리며 내려와 건물 바닥까지 이어지는 보일 듯 말 듯 한 균열이라고 묘사했던 틈 사이로 선명하게 비치고 있었다. 내가 지켜보는 동안 균열은 빠르게 넓어졌고, 회오리바람의 사나운 입김이 몰아쳤고, 완전한 구형의 달이 내 시야에 불쑥 난입했고, 거대한 벽들이 산산이 무너져내리는 광경에 내 머리가 빙글빙글 돌았고, 수천 개의 물줄기가 내는 목소리 같은 길고 떠들썩한 아우성이 이어졌으며, 이윽고 내 발치에 있던 깊고 음습한 호수가 침울하게 침묵하며 '어셔가'의 잔해를 삼키고 수면을 닫았다.

에드거 앨런 포 연보

1809년　미국 보스턴에서 출생. 아버지 데이비드 포는 법률을 공부하다가 19세 때 유랑극단의 배우가 되었고, 어머니 엘리자베스 역시 유랑극단의 배우였다.

1811년　어머니가 병으로 사망하자(아버지는 이미 그 전에 가족을 버리고 떠났다) 리치먼드의 담배사업가 존 앨런 집안에 입양되었다.

1826년　버지니아대학에 입학. 양부가 송금을 잘 해주지 않자, 학자금 마련을 위해 도박에 손을 댔는데 재학 일 년도 못 되어 엄청난 도박빚을 떠안게 되었다. 그로 인해 학교를 그만두게 되고 양부와 심한 불화를 겪는다.

1827년　첫 시집 『티무르』 출간. 생계에 어려움을 겪게 되자 육군에 지원 입대했다.

1829년　하사관에 임관되었다. 2월 양모 프랜시스 앨런이 사망했는데, 이를 계기로 양부와 일시적으로 화해를 하여 군 제대, 5월 초 웨스트포인트 사관학교에 입학하기 위해 워싱턴으로 갔다.

1830년　웨스트포인트 육군사관학교 입학.

1831년　2월 근무 태만과 명령 위반의 죄명으로 사관학교에서 퇴교 처분을 받았으나 처분 발효일 전에 스스로 학교를 뛰쳐나왔다. 4월 『포 시집』을 출간.

1832년　〈새터데이 비지터〉의 현상공모에 단편 「병 속의 수기」가 당선되었다.

1834년　양부 존 앨런 사망. 포에게는 아무런 유산도 남기지 않았다.

1835년　〈서던 리터러리 메신저〉에 「베레니체」 「모렐라」 등 네 편의 단편 발표.

1836년　사촌누이 버지니아 클렘과 결혼. 당시 버지니아의 나이는 열네 살이었다.

1838년   장편 『아서 고든 핌 이야기』 출간.

1839년   〈젠틀맨스 매거진〉의 부편집장 역임. 같은 해 「어셔가의 몰락」 「윌리엄 윌슨」을 발표하고, 단편 스물다섯 편을 묶은 『그로테스크하고 아라베스크한 이야기』 출간.

1841년   〈그레이엄스 매거진〉의 주필로 활동. 포의 대표작인 「모르그가의 살인사건」을 비롯해 「큰 소용돌이에 휘말리다」 「붉은 죽음의 가면」 등이 이 잡지에 실렸다.

1842년   아내 버지니아의 병세가 악화되자 포의 음주벽은 심해졌고, 5월 〈그레이엄스 매거진〉을 그만두었다. 단편 「나락과 진자」 발표.

1843년   필라델피아 계열 신문 현상공모에 「황금 곤충」이 당선되었다. 같은 해 「검은 고양이」 「고자질하는 심장」 발표.

1845년   〈이브닝 미러〉에 발표한 시 「갈가마귀」로 시인으로서의 명성을 얻어 이름이 유럽에까지 알려졌다. 그의 「황금 곤충」 「검은 고양이」 등 대표작 열두 편을 묶은 단편집 출간.

1847년   아내 버지니아 결핵으로 사망. 포 역시 건강이 악화되었고, 심한 우울증에 시달렸다.

1849년   볼티모어의 거리에서 의식불명 상태로 쓰러져 있는 것이 발견되어 워싱턴대학병원으로 옮겨졌으나, 의식을 다시 회복하지 못하고 10월 7일 40세의 나이로 사망했다.

옮긴이 **이봄이랑**
이화여자대학교에서 방송영상학과 사회학을 공부하고 동 대학교 통역번역대학원에서 한영번역 석사학위를 받았다. 문학 출판사에서 해외문학을 편집했고, 현재는 프리랜서 편집자 및 번역가로 활동하고 있다.

문학동네 세계문학
어셔가의 몰락

초판 인쇄 2025년 10월 16일 | 초판 발행 2025년 10월 29일

지은이 에드거 앨런 포 | 그린이 아구스틴 코모토 | 옮긴이 이봄이랑
책임편집 윤정민 | 편집 허우긴
디자인 윤종윤 | 저작권 박지영 형소진 주은수 오서영 조경은
마케팅 정민호 서지화 한민아 이민경 왕지경 정유진 정경주 김혜원 김예진 이서진
브랜딩 함유지 박민재 이송이 박다솔 조다현 김하연 이준희
제작 강신은 김동욱 이순호   제작처 영신사

펴낸곳 (주)문학동네 | 펴낸이 김소영
출판등록 1993년 10월 22일 제2003-000045호
주소 10881 경기도 파주시 회동길 210
전자우편 editor@munhak.com | 대표전화 031) 955-8888 | 팩스 031) 955-8855
문학동네카페 http://cafe.naver.com/mhdn
인스타그램 @munhakdongne | 트위터 @munhakdongne
북클럽문학동네 http://bookclubmunhak.com

ISBN 979-11-416-1390-7 03840

잘못된 책은 구입하신 서점에서 교환해드립니다.
기타 교환 문의 031) 955-2661, 3580

www.munhak.com

일러스트와 함께 읽는 세계명작

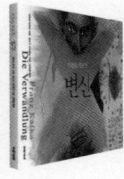
변신
프란츠 카프카
루이스 스카파티 그림 | 이재황 옮김

필경사 바틀비
허먼 멜빌
하비에르 사발라 그림 | 공진호 옮김

파우스트
요한 볼프강 폰 괴테
외젠 들라크루아, 막스 베크만 그림 | 이인웅 옮김

외투
니콜라이 고골
노에미 비야무사 그림 | 이항재 옮김

지킬 박사와 하이드 씨
로버트 루이스 스티븐슨
마우로 카시올리 그림 | 강미경 옮김

바베트의 만찬
이자크 디네센
노에미 비야무사 그림 | 추미옥 옮김

검은 고양이
에드거 앨런 포
루이스 스카파티 그림 | 강미경 옮김

밤: 악몽
기 드 모파상
토뇨 베나비데스 그림 | 송의경 옮김

장화 신은 고양이
샤를 페로
하비에르 사발라 그림 | 송의경 옮김

개를 데리고 다니는 여인
안톤 체호프
하비에르 사발라 그림 | 이현우 옮김

아담과 이브의 일기
마크 트웨인
프란시스코 멜렌데스 그림 | 김송현정 옮김

1984
조지 오웰
루이스 스카파티 그림 | 김기혁 옮김

프랑켄슈타인
메리 셸리
엘레나 오드리오솔라 그림 | 김선형 옮김

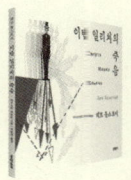
이반 일리치의 죽음
레프 톨스토이
아구스틴 코모토 그림 | 이항재 옮김

바스커빌가의 사냥개
아서 코넌 도일
하비에르 올리바레스 그림 | 최파일 옮김

어셔가의 몰락
에드거 앨런 포
아구스틴 코모토 그림 | 이봄이랑 옮김